Ingeborg Bac
Die gestunde

SERIE PIPER

Zu diesem Buch

Der Ruhm Ingeborg Bachmanns wurde bereits durch ihren ersten Gedichtband begründet: »Die gestundete Zeit«, 1953 ein Jahr nach ihrer Lesung bei der Gruppe 47 erschienen. Zusammen mit »Anrufung des Großen Bären« (1956) bildet er das Kernstück der Lyrik Ingeborg Bachmanns. Dieser Band ist das Dokument eines nach Authentizität und Wahrhaftigkeit strebenden Lebens. Die Gedichte zielen auf eine Sprengung der herrschenden Welt- und Wertvorstellungen. Nicht ohne Verstörung lassen sich diese Gedichte lesen, denn zwischen den Polen von Reden und Schweigen entfalten sich der Schrecken, der Traum – aber auch die Liebe.

Ingeborg Bachmann, am 25. Juni 1926 in Klagenfurt geboren, Lyrikerin, Erzählerin, Hörspielautorin, Essyaistin. 1952 erste Lesung bei der Gruppe 47. Zahlreiche Preise. Sie lebte nach Aufenthalten in München und Zürich viele Jahre in Rom, wo sie am 17. Oktober 1973 starb.

Ingeborg Bachmann
Die gestundete Zeit

Gedichte

Piper München Zürich

Textgrundlage: Werke, Band 1, herausgegeben von Christine Koschel,
Inge von Weidenbaum, Clemens Münster,
Piper Verlag, München 1982, 3. Auflage 1993.

Von Ingeborg Bachmann liegen in der Serie Piper außerdem vor:
Die Hörspiele (139)
Frankfurter Vorlesungen (205)
Anrufung des Großen Bären (307)
Liebe: Dunkler Erdteil. Gedichte (330)
Wir müssen wahre Sätze finden. Gespräche und Interviews (1105)
Die Fähre. Erzählungen (1182)
Simultan. Erzählungen (1296)
Mein erstgeborenes Land. Gedichte und Prosa aus Italien (1354)
Das dreißigste Jahr. Erzählungen (1509)
Werke (4 Bände, 1700)
Vor den Linien der Wirklichkeit. Radioessays (1747)
Gedichte, Erzählungen, Hörspiel, Essays (2028)
Sämtliche Erzählungen (2218)
Sämtliche Gedichte (2644)
Das Buch Franza (Das »Todesarten«-Projekt in Einzelausgaben, 2608)
Requiem für Fanny Goldmann (Das »Todesarten«-Projekt
in Einzelausgaben, 2748)
Römische Reportagen (2938)

Über Ingeborg Bachmann liegt in der Serie Piper außerdem vor:
Kein objektives Urteil – nur ein lebendiges (hrsg. v. Christine Koschel
und Inge von Weidenbaum, 792)

Ungekürzte Taschenbuchausgabe
1. Auflage September 1983
10. Auflage Mai 2000

Umschlag: Büro Hamburg
Umschlagabbildung: Francis Picabia (»Danger de la force«, Detail,
© VG Bild-Kunst, Bonn 2000)
Satz: Wiener Verlag, Wien
Druck und Bindung: Clausen & Bosse, Leck
Printed in Germany ISBN 3-492-20306-X

INHALT

I

AUSFAHRT

Vom Lande steigt Rauch auf.
Die kleine Fischerhütte behalt im Aug,
denn die Sonne wird sinken,
ehe du zehn Meilen zurückgelegt hast.

Das dunkle Wasser, tausendäugig,
schlägt die Wimper von weißer Gischt auf,
um dich anzusehen, groß und lang,
dreißig Tage lang.

Auch wenn das Schiff hart stampft
und einen unsicheren Schritt tut,
steh ruhig auf Deck.

An den Tischen essen sie jetzt
den geräucherten Fisch;
dann werden die Männer hinknien
und die Netze flicken,
aber nachts wird geschlafen,
eine Stunde oder zwei Stunden,
und ihre Hände werden weich sein,
frei von Salz und Öl,
weich wie das Brot des Traumes,
von dem sie brechen.

Die erste Welle der Nacht schlägt ans Ufer,
die zweite erreicht schon dich.
Aber wenn du scharf hinüberschaust,
kannst du den Baum noch sehen,
der trotzig den Arm hebt
– einen hat ihm der Wind schon abgeschlagen
– und du denkst: wie lange noch,
wie lange noch
wird das krumme Holz den Wettern standhalten?
Vom Land ist nichts mehr zu sehen.

Du hättest dich mit einer Hand in die Sandbank krallen
oder mit einer Locke an die Klippen heften sollen.

In die Muscheln blasend, gleiten die Ungeheuer des Meers
auf die Rücken der Wellen, sie reiten und schlagen
mit blanken Säbeln die Tage in Stücke, eine rote Spur
bleibt im Wasser, dort legt dich der Schlaf hin,
auf den Rest deiner Stunden,
und dir schwinden die Sinne.

Da ist etwas mit den Tauen geschehen,
man ruft dich, und du bist froh,
daß man dich braucht. Das Beste
ist die Arbeit auf den Schiffen,
die weithin fahren,
das Tauknüpfen, das Wasserschöpfen,
das Wändedichten und das Hüten der Fracht.
Das Beste ist, müde zu sein und am Abend
hinzufallen. Das Beste ist, am Morgen,
mit dem ersten Licht, hell zu werden,
gegen den unverrückbaren Himmel zu stehen,
der ungangbaren Wasser nicht zu achten
und das Schiff über die Wellen zu heben,
auf das immerwiederkehrende Sonnenufer zu.

ABSCHIED VON ENGLAND

Ich habe deinen Boden kaum betreten,
schweigsames Land, kaum einen Stein berührt,
ich war von deinem Himmel so hoch gehoben,
so in Wolken, Dunst und in noch Ferneres gestellt,
daß ich dich schon verließ,
als ich vor Anker ging.

Du hast meine Augen geschlossen
mit Meerhauch und Eichenblatt,
von meinen Tränen begossen,
hieltst du die Gräser satt;
aus meinen Träumen gelöst,
wagten sich Sonnen heran,
doch alles war wieder fort,
wenn dein Tag begann.
Alles blieb ungesagt.

Durch die Straßen flatterten die großen grauen Vögel
und wiesen mich aus.
War ich je hier?

Ich wollte nicht gesehen werden.

Meine Augen sind offen.
Meerhauch und Eichenblatt?
Unter den Schlangen des Meers
seh ich, an deiner Statt,
das Land meiner Seele erliegen.

Ich habe seinen Boden nie betreten.

FALL AB, HERZ

Fall ab, Herz, vom Baum der Zeit,
fallt, ihr Blätter, aus den erkalteten Ästen,
die einst die Sonne umarmt',
fallt, wie Tränen fallen aus dem geweiteten Aug!

Fliegt noch die Locke taglang im Wind
um des Landgotts gebräunte Stirn,
unter dem Hemd preßt die Faust
schon die klaffende Wunde.

Drum sei hart, wenn der zarte Rücken der Wolken
sich dir einmal noch beugt,
nimm es für nichts, wenn der Hymettos die Waben
noch einmal dir füllt.

Denn wenig gilt dem Landmann ein Halm in der Dürre,
wenig ein Sommer vor unserem großen Geschlecht.

Und was bezeugt schon dein Herz?
Zwischen gestern und morgen schwingt es,
lautlos und fremd,
und was es schlägt,
ist schon sein Fall aus der Zeit.

DUNKLES ZU SAGEN

Wie Orpheus spiel ich
auf den Saiten des Lebens den Tod
und in die Schönheit der Erde
und deiner Augen, die den Himmel verwalten,
weiß ich nur Dunkles zu sagen.

Vergiß nicht, daß auch du, plötzlich,
an jenem Morgen, als dein Lager
noch naß war von Tau und die Nelke
an deinem Herzen schlief,
den dunklen Fluß sahst,
der an dir vorbeizog.

Die Saite des Schweigens
gespannt auf die Welle von Blut,
griff ich dein tönendes Herz.
Verwandelt ward deine Locke
ins Schattenhaar der Nacht,
der Finsternis schwarze Flocken
beschneiten dein Antlitz.

Und ich gehör dir nicht zu.
Beide klagen wir nun.

Aber wie Orpheus weiß ich
auf der Seite des Todes das Leben,
und mir blaut
dein für immer geschlossenes Aug.

PARIS

Aufs Rad der Nacht geflochten
schlafen die Verlorenen
in den donnernden Gängen unten,
doch wo wir sind, ist Licht.

Wir haben die Arme voll Blumen,
Mimosen aus vielen Jahren;
Goldnes fällt von Brücke zu Brücke
atemlos in den Fluß.

Kalt ist das Licht,
noch kälter der Stein vor dem Tor,
und die Schalen der Brunnen
sind schon zur Hälfte geleert.

Was wird sein, wenn wir, vom Heimweh
benommen bis ans fliehende Haar,
hier bleiben und fragen: was wird sein,
wenn wir die Schönheit bestehen?

Auf den Wagen des Lichts gehoben,
wachend auch, sind wir verloren,
auf den Straßen der Genien oben,
doch wo wir nicht sind, ist Nacht.

DIE GROSSE FRACHT

Die große Fracht des Sommers ist verladen,
das Sonnenschiff im Hafen liegt bereit,
wenn hinter dir die Möwe stürzt und schreit.
Die große Fracht des Sommers ist verladen.

Das Sonnenschiff im Hafen liegt bereit,
und auf die Lippen der Galionsfiguren
tritt unverhüllt das Lächeln der Lemuren.
Das Sonnenschiff im Hafen liegt bereit.

Wenn hinter dir die Möwe stürzt und schreit,
kommt aus dem Westen der Befehl zu sinken;
doch offnen Augs wirst du im Licht ertrinken,
wenn hinter dir die Möwe stürzt und schreit.

REIGEN

Reigen – die Liebe hält manchmal
im Löschen der Augen ein,
und wir sehen in ihre eignen
erloschenen Augen hinein.

Kalter Rauch aus dem Krater
haucht unsre Wimpern an;
es hielt die schreckliche Leere
nur einmal den Atem an.

Wir haben die toten Augen
gesehn und vergessen nie.
Die Liebe währt am längsten
und sie erkennt uns nie.

HERBSTMANÖVER

Ich sage nicht: das war gestern. Mit wertlosem
Sommergeld in den Taschen liegen wir wieder
auf der Spreu des Hohns, im Herbstmanöver der Zeit.
Und der Fluchtweg nach Süden kommt uns nicht,
wie den Vögeln, zustatten. Vorüber, am Abend,
ziehen Fischkutter und Gondeln, und manchmal
trifft mich ein Splitter traumsatten Marmors,
wo ich verwundbar bin, durch Schönheit, im Aug.

In den Zeitungen lese ich viel von der Kälte
und ihren Folgen, von Törichten und Toten,
von Vertriebenen, Mördern und Myriaden
von Eisschollen, aber wenig, was mir behagt.
Warum auch? Vor dem Bettler, der mittags kommt,
schlag ich die Tür zu, denn es ist Frieden
und man kann sich den Anblick ersparen, aber nicht
im Regen das freudlose Sterben der Blätter.

Laßt uns eine Reise tun! Laßt uns unter Zypressen
oder auch unter Palmen oder in den Orangenhainen
zu verbilligten Preisen Sonnenuntergänge sehen,
die nicht ihresgleichen haben! Laßt uns die
unbeantworteten Briefe an das Gestern vergessen!
Die Zeit tut Wunder. Kommt sie uns aber unrecht,
mit dem Pochen der Schuld: wir sind nicht zu Hause.
Im Keller des Herzens, schlaflos, find ich mich wieder
auf der Spreu des Hohns, im Herbstmanöver der Zeit.

DIE GESTUNDETE ZEIT

Es kommen härtere Tage.
Die auf Widerruf gestundete Zeit
wird sichtbar am Horizont.
Bald mußt du den Schuh schnüren
und die Hunde zurückjagen in die Marschhöfe.
Denn die Eingeweide der Fische
sind kalt geworden im Wind.
Ärmlich brennt das Licht der Lupinen.
Dein Blick spurt im Nebel:
die auf Widerruf gestundete Zeit
wird sichtbar am Horizont.

Drüben versinkt dir die Geliebte im Sand,
er steigt um ihr wehendes Haar,
er fällt ihr ins Wort,
er befiehlt ihr zu schweigen,
er findet sie sterblich
und willig dem Abschied
nach jeder Umarmung.

Sieh dich nicht um.
Schnür deinen Schuh.
Jag die Hunde zurück.
Wirf die Fische ins Meer.
Lösch die Lupinen!

Es kommen härtere Tage.

II

STERNE IM MÄRZ

Noch ist die Aussaat weit. Auf treten
Vorfelder im Regen und Sterne im März.
In die Formel unfruchtbarer Gedanken
fügt sich das Universum nach dem Beispiel
des Lichts, das nicht an den Schnee rührt.

Unter dem Schnee wird auch Staub sein
und, was nicht zerfiel, des Staubes
spätere Nahrung. O Wind, der anhebt!
Wieder reißen Pflüge das Dunkel auf.
Die Tage wollen länger werden.

An langen Tagen sät man uns ungefragt
in jene krummen und geraden Linien,
und Sterne treten ab. Auf den Feldern
gedeihen oder verderben wir wahllos,
gefügig dem Regen und zuletzt auch dem Licht.

IM ZWIELICHT

Wieder legen wir beide die Hände ins Feuer,
du für den Wein der lange gelagerten Nacht,
ich für den Morgenquell, der die Kelter nicht kennt.
Es harrt der Blasbalg des Meisters, dem wir vertrauen.

Wie die Sorge ihn wärmt, tritt der Bläser hinzu.
Er geht, eh es tagt, er kommt, eh du rufst, er ist alt
wie das Zwielicht auf unsren schütteren Brauen.

Wieder kocht er das Blei im Kessel der Tränen,
dir für ein Glas – es gilt, das Versäumte zu feiern –
mir für den Scherben voll Rauch – der wird überm Feuer geleert.
So stoß ich zu dir und bringe die Schatten zum Klingen.

Erkannt ist, wer jetzt zögert,
erkannt, wer den Spruch vergaß.
Du kannst und willst ihn nicht wissen,
du trinkst vom Rand, wo es kühl ist
und wie vorzeiten, du trinkst und bleibst nüchtern,
dir wachsen noch Brauen, dir sieht man noch zu!

Ich aber bin schon des Augenblicks
gewärtig in Liebe, mir fällt der Scherben
ins Feuer, mir wird er zum Blei,
das er war. Und hinter der Kugel
steh ich, einäugig, zielsicher, schmal,
und schick sie dem Morgen entgegen.

HOLZ UND SPÄNE

Von den Hornissen will ich schweigen,
denn sie sind leicht zu erkennen.
Auch die laufenden Revolutionen
sind nicht gefährlich.
Der Tod im Gefolge des Lärms
ist beschlossen von jeher.

Doch vor den Eintagsfliegen und den Frauen
nimm dich in acht, vor den Sonntagsjägern,
den Kosmetikern, den Unentschiedenen, Wohlmeinenden,
von keiner Verachtung getroffnen.

Aus den Wäldern trugen wir Reisig und Stämme,
und die Sonne ging uns lange nicht auf.
Berauscht vom Papier am Fließband,
erkenn ich die Zweige nicht wieder,
noch das Moos, in dunkleren Tinten gegoren,
noch das Wort, in die Rinden geschnitten,
wahr und vermessen.

Blätterverschleiß, Spruchbänder,
schwarze Plakate . . . Bei Tag und bei Nacht
bebt, unter diesen und jenen Sternen,
die Maschine des Glaubens. Aber ins Holz,
solang es noch grün ist, und mit der Galle,
solang sie noch bitter ist, bin ich
zu schreiben gewillt, was im Anfang war!

Seht zu, daß ihr wachbleibt!

Der Spur der Späne, die flogen, folgt
der Hornissenschwarm, und am Brunnen
sträubt sich der Lockung,
die uns einst schwächte,
das Haar.

THEMA UND VARIATION

In diesem Sommer blieb der Honig aus.
Die Königinnen zogen Schwärme fort,
der Erdbeerschlag war über Tag verdorrt,
die Beerensammler kehrten früh nach Haus.

Die ganze Süße trug ein Strahl des Lichts
in einen Schlaf. Wer schlief ihn vor der Zeit?
Honig und Beeren? Der ist ohne Leid,
dem alles zukommt. Und es fehlt ihm nichts.

Und es fehlt ihm nichts, nur ein wenig,
um zu ruhen oder um aufrecht zu stehen.
Höhlen beugten ihn tief und Schatten,
denn kein Land nahm ihn auf.
Selbst in den Bergen war er nicht sicher
– ein Partisan, den die Welt abgab
an ihren toten Trabanten, den Mond.

Der ist ohne Leid, dem alles zukommt,
und was kam ihm nicht zu? Die Kohorte
der Käfer schlug sich in seiner Hand, Brände
häuften Narben in seinem Gesicht und die Quelle
trat als Chimäre vor sein Aug,
wo sie nicht war.

Honig und Beeren?
Hätte er je den Geruch gekannt, er wär ihm längst gefolgt!

Nachtwandlerischer Schlaf im Gehen,
wer schlief ihn vor der Zeit?
Einer, der alt geboren wurde
und früh ins Dunkel muß.
Die ganze Süße trug ein Strahl des Lichts
an ihm vorbei.

Er spie ins Unterholz den Fluch,
der Dürre bringt, er schrie
und ward erhört:
die Beerensammler kehrten früh nach Haus!
Als sich die Wurzel hob
und ihnen pfeifend nachglitt,
blieb eine Schlangenhaut des Baumes letzte Hut.
Der Erdbeerschlag war über Tag verdorrt.

Unten im Dorf standen die Eimer leer
und trommelreif im Hof.
So schlug die Sonne zu
und wirbelte den Tod.

Die Fenster fielen zu,
die Königinnen zogen Schwärme fort,
und keiner hinderte sie, fortzufliegen.
Die Wildnis nahm sie auf,
der hohle Baum im Farn
den ersten freien Staat.
Den letzten Menschen traf
ein Stachel ohne Schmerz.

In diesem Sommer blieb der Honig aus.

FRÜHER MITTAG

Still grünt die Linde im eröffneten Sommer,
weit aus den Städten gerückt, flirrt
der mattglänzende Tagmond. Schon ist Mittag,
schon regt sich im Brunnen der Strahl,
schon hebt sich unter den Scherben
des Märchenvogels geschundener Flügel,
und die vom Steinwurf entstellte Hand
sinkt ins erwachende Korn.

Wo Deutschlands Himmel die Erde schwärzt,
sucht sein enthaupteter Engel ein Grab für den Haß
und reicht dir die Schüssel des Herzens.

Eine Handvoll Schmerz verliert sich über den Hügel.

Sieben Jahre später
fällt es dir wieder ein,
am Brunnen vor dem Tore,
blick nicht zu tief hinein,
die Augen gehen dir über.

Sieben Jahre später,
in einem Totenhaus,
trinken die Henker von gestern
den goldenen Becher aus.
Die Augen täten dir sinken.

Schon ist Mittag, in der Asche
krümmt sich das Eisen, auf den Dorn
ist die Fahne gehißt, und auf den Felsen
uralten Traums bleibt fortan
der Adler geschmiedet.

Nur die Hoffnung kauert erblindet im Licht.

Lös ihr die Fessel, führ sie
die Halde herab, leg ihr
die Hand auf das Aug, daß sie
kein Schatten versengt!

Wo Deutschlands Erde den Himmel schwärzt,
sucht die Wolke nach Worten und füllt den Krater mit Schweigen,
eh sie der Sommer im schütteren Regen vernimmt.

Das Unsägliche geht, leise gesagt, übers Land:
schon ist Mittag.

ALLE TAGE

Der Krieg wird nicht mehr erklärt,
sondern fortgesetzt. Das Unerhörte
ist alltäglich geworden. Der Held
bleibt den Kämpfen fern. Der Schwache
ist in die Feuerzonen gerückt.
Die Uniform des Tages ist die Geduld,
die Auszeichnung der armselige Stern
der Hoffnung über dem Herzen.

Er wird verliehen,
wenn nichts mehr geschieht,
wenn das Trommelfeuer verstummt,
wenn der Feind unsichtbar geworden ist
und der Schatten ewiger Rüstung
den Himmel bedeckt.

Er wird verliehen
für die Flucht von den Fahnen,
für die Tapferkeit vor dem Freund,
für den Verrat unwürdiger Geheimnisse
und die Nichtachtung
jeglichen Befehls.

EINEM FELDHERRN

Wenn jenes Geschäft im Namen der Ehre
ergrauter und erblindeter Völker
wieder zustande kommt, wirst du
ein Handlanger sein und dienstbar
unsren Gemarkungen, da du's verstehst,
sie einzufrieden mit Blut.
Voraus in den Büchern schattet
dein Name, und es verleitet
sein Anflug den Lorbeer zum Wuchs.

Wie wir's verstehen: opfre keinem vor dir
und rufe auch Gott nicht an. (Verlangte ihn je
teilzuhaben an deiner Beute? War er je
ein Parteigänger deiner Hoffnungen?)

Eins sollst du wissen:
erst wenn du nicht mehr versuchst,
wie viele vor dir, mit dem Degen
den unteilbaren Himmel zu trennen,
treibt der Lorbeer ein Blatt.
Erst wenn du mit einem ungeheuren Zweifel
dein Glück aus dem Sattel hebst und selbst
aufspringst, verheiß ich dir Sieg!

Denn du errangst ihn nicht damals,
als dein Glück für dich siegte;
zwar sanken die Fahnen des Feindes
und Waffen fielen dir zu
und Früchte aus Gärten,
die ein andrer bebaute.

Wo am Horizont der Weg deines Glücks
und der Weg deines Unglücks
in eins verlaufen, richte die Schlacht.
Wo es dunkelt und die Soldaten schlafen,

wo sie dir fluchten und von dir
verflucht wurden, richte den Tod.

Du wirst fallen
vom Berg ins Tal, mit den reißenden Gewässern
in die Schluchten, auf den Grund der Fruchtbarkeit,
in die Samen der Erde, dann in die Minen von Gold,
in den Fluß des Erzes, aus dem die Standbilder
der Großen gehämmert werden, in die tiefen Bezirke
des Vergessens, Millionen Klafter von dort
und in die Bergwerke des Traums.
Zuletzt aber in das Feuer.

Dort reicht dir der Lorbeer ein Blatt.

BOTSCHAFT

Aus der leichenwarmen Vorhalle des Himmels tritt die Sonne.
Es sind dort nicht die Unsterblichen,
sondern die Gefallenen, vernehmen wir.

Und Glanz kehrt sich nicht an Verwesung. Unsere Gottheit,
die Geschichte, hat uns ein Grab bestellt,
aus dem es keine Auferstehung gibt.

III

DIE BRÜCKEN

Straffer zieht der Wind das Band vor den Brücken.

An den Traversen zerrieb
der Himmel sein dunkelstes Blau.
Hüben und drüben wechseln
im Licht unsre Schatten.

Pont Mirabeau . . . Waterloobridge . . .
Wie ertragen's die Namen,
die Namenlosen zu tragen?

Von den Verlornen gerührt,
die der Glaube nicht trug,
erwachen die Trommeln im Fluß.

Einsam sind alle Brücken,
und der Ruhm ist ihnen gefährlich
wie uns, vermeinen wir doch,
die Schritte der Sterne
auf unserer Schulter zu spüren.
Doch übers Gefälle des Vergänglichen
wölbt uns kein Traum.

Besser ist's, im Auftrag der Ufer
zu leben, von einem zum andern,
und tagsüber zu wachen,
daß das Band der Berufene trennt.
Denn er erreicht die Schere der Sonne
im Nebel, und wenn sie ihn blendet,
umfängt ihn der Nebel im Fall.

NACHTFLUG

Unser Acker ist der Himmel,
im Schweiß der Motoren bestellt,
angesichts der Nacht,
unter Einsatz des Traums –

geträumt auf Schädelstätten und Scheiterhaufen,
unter dem Dach der Welt, dessen Ziegel
der Wind forttrug – und nun Regen, Regen, Regen
in unserem Haus und in den Mühlen
die blinden Flüge der Fledermäuse.
Wer wohnte dort? Wessen Hände waren rein?
Wer leuchtete in der Nacht,
Gespenst den Gespenstern?

Im Stahlgefieder geborgen, verhören
Instrumente den Raum, Kontrolluhren und Skalen
das Wolkengesträuch, und es streift die Liebe
unsres Herzens vergessene Sprache:
kurz und lang lang . . . Für eine Stunde
rührt Hagel die Trommel des Ohrs,
das, uns abgeneigt, lauscht und verwindet.

Nicht untergegangen sind Sonne und Erde,
nur als Gestirne gewandert und nicht zu erkennen.

Wir sind aufgestiegen von einem Hafen,
wo Wiederkehr nicht zählt
und nicht Fracht und nicht Fang.
Indiens Gewürze und Seiden aus Japan
gehören den Händlern
wie die Fische den Netzen.

Doch ein Geruch ist zu spüren,
vorlaufend den Kometen,
und das Gewebe der Luft,

von gefallnen Kometen zerrissen.
Nenn's den Status der Einsamen,
in dem sich das Staunen vollzieht.
Nichts weiter.

Wir sind aufgestiegen, und die Klöster sind leer,
seit wir dulden, ein Orden, der nicht heilt und nicht lehrt.
Zu handeln ist nicht Sache der Piloten. Sie haben
Stützpunkte im Aug und auf den Knien ausgebreitet
die Landkarte einer Welt, der nichts hinzuzufügen ist.

Wer lebt dort unten? Wer weint . . .
Wer verliert den Schlüssel zum Haus?
Wer findet sein Bett nicht, wer schläft
auf den Schwellen? Wer, wenn der Morgen kommt,
wagt's, den Silberstreifen zu deuten: seht, über mir . . .
Wenn das Wasser von neuem ins Mühlrad greift,
wer wagt's, sich der Nacht zu erinnern?

PSALM

I

Schweigt mit mir, wie alle Glocken schweigen!

In der Nachgeburt der Schrecken
sucht das Geschmeiß nach neuer Nahrung.
Zur Ansicht hängt karfreitags eine Hand
am Firmament, zwei Finger fehlen ihr,
sie kann nicht schwören, daß alles,
alles nicht gewesen sei und nichts
sein wird. Sie taucht ins Wolkenrot,
entrückt die neuen Mörder
und geht frei.

Nachts auf dieser Erde
in Fenster greifen, die Linnen zurückschlagen,
daß der Kranken Heimlichkeit bloßliegt,
ein Geschwür voll Nahrung, unendliche Schmerzen
für jeden Geschmack.

Die Metzger halten, behandschuht,
den Atem der Entblößten an,
der Mond in der Tür fällt zu Boden,
laß die Scherben liegen, den Henkel . . .

Alles war gerichtet für die letzte Ölung.
(Das Sakrament kann nicht vollzogen werden.)

2

Wie eitel alles ist.
Wälze eine Stadt heran,
erhebe dich aus dem Staub dieser Stadt,

übernimm ein Amt
und verstelle dich,
um der Bloßstellung zu entgehen.

Löse die Versprechen ein
vor einem blinden Spiegel in der Luft,
vor einer verschlossenen Tür im Wind.

Unbegangen sind die Wege auf der Steilwand des Himmels.

3

O Augen, an dem Sonnenspeicher Erde verbrannt,
mit der Regenlast aller Augen beladen,
und jetzt versponnen, verwebt
von den tragischen Spinnen
der Gegenwart . . .

4

In die Mulde meiner Stummheit
leg ein Wort
und zieh Wälder groß zu beiden Seiten,
daß mein Mund
ganz im Schatten liegt.

IM GEWITTER DER ROSEN

Wohin wir uns wenden im Gewitter der Rosen,
ist die Nacht von Dornen erhellt, und der Donner
des Laubs, das so leise war in den Büschen,
folgt uns jetzt auf dem Fuß.

SALZ UND BROT

Nun schickt der Wind die Schienen voraus,
wir werden folgen in langsamen Zügen
und diese Inseln bewohnen,
Vertrauen gegen Vertrauen.

In die Hand meines ältesten Freunds leg ich
mein Amt zurück; es verwaltet der Regenmann
jetzt mein finsteres Haus und ergänzt
im Schuldbuch die Linien, die ich zog,
seit ich seltener blieb.

Du, im fieberweißen Ornat,
holst die Verbannten ein und reißt
aus dem Fleisch der Kakteen einen Stachel
– das Zeichen der Ohnmacht,
dem wir uns willenlos beugen.

Wir wissen,
daß wir des Kontinentes Gefangene bleiben
und seinen Kränkungen wieder verfallen,
und die Gezeiten der Wahrheit
werden nicht seltener sein.

Schläft doch im Felsen
der wenig erleuchtete Schädel,
die Kralle hängt in der Kralle
im dunklen Gestein, und verheilt
sind die Stigmen am Violett des Vulkans.

Von den großen Gewittern des Lichts
hat keines die Leben erreicht.

So nehm ich vom Salz,
wenn uns das Meer übersteigt,
und kehre zurück

und legs auf die Schwelle
und trete ins Haus.

Wir teilen ein Brot mit dem Regen,
ein Brot, eine Schuld und ein Haus.

GROSSE LANDSCHAFT BEI WIEN

Geister der Ebene, Geister des wachsenden Stroms,
zu unsrem Ende gerufen, haltet nicht vor der Stadt!
Nehmt auch mit euch, was vom Wein überhing
auf brüchigen Rändern, und führt an ein Rinnsal,
wen nach Ausweg verlangt, und öffnet die Steppen!

Drüben verkümmert das nackte Gelenk eines Baums,
ein Schwungrad springt ein, aus dem Feld schlagen
die Bohrtürme den Frühling, Statuenwäldern weicht
der verworfene Torso des Grüns, und es wacht
die Iris des Öls über den Brunnen im Land.

Was liegt daran? Wir spielen die Tänze nicht mehr.
Nach langer Pause: Dissonanzen gelichtet, wenig cantabile.
(Und ihren Atem spür ich nicht mehr auf den Wangen!)
Still stehn die Räder. Durch Staub und Wolkenspreu
schleift den Mantel, der unsre Liebe deckte, das Riesenrad.

Nirgends gewährt man, wie hier, vor den ersten Küssen
die letzten. Es gilt, mit dem Nachklang im Mund
weiterzugehn und zu schweigen. Wo der Kranich
im Schilf der flachen Gewässer seinen Bogen vollendet,
tönender als die Welle, schlägt ihm die Stunde im Rohr.

Asiens Atem ist jenseits.

Rhythmischer Aufgang von Saaten, reifer Kulturen
Ernten vorm Untergang, sind sie verbrieft, so weiß ichs
dem Wind noch zu sagen. Hinter der Böschung
trübt weicheres Wasser das Aug, und es will
mich noch anfallen trunkenes Limesgefühl;
unter den Pappeln am Römerstein grab ich
nach dem Schauplatz vielvölkriger Trauer,
nach dem Lächeln Ja und dem Lächeln Nein.

Alles Leben ist abgewandert in Baukästen,
neue Not mildert man sanitär, in den Alleen
blüht die Kastanie duftlos, Kerzenrauch
kostet die Luft nicht wieder, über der Brüstung
im Park weht so einsam das Haar, im Wasser
sinken die Bälle, vorbei an der Kinderhand
bis auf den Grund, und es begegnet
das tote Auge dem blauen, das es einst war.

Wunder des Unglaubens sind ohne Zahl.
Besteht ein Herz darauf, ein Herz zu sein?
Träum, daß du rein bist, heb die Hand zum Schwur,
träum dein Geschlecht, das dich besiegt, träum
und wehr dennoch mystischer Abkehr im Protest.
Mit einer andern Hand gelingen Zahlen
und Analysen, die dich entzaubern.
Was dich trennt, bist du. Verström,
komm wissend wieder, in neuer Abschiedsgestalt.

Dem Orkan voraus fliegt die Sonne nach Westen,
zweitausend Jahre sind um, und uns wird nichts bleiben.
Es hebt der Wind Barockgirlanden auf,
es fällt von den Stiegen das Puttengesicht,
es stürzen Basteien in dämmernde Höfe,
von den Kommoden die Masken und Kränze . . .

Nur auf dem Platz im Mittagslicht, mit der Kette
am Säulenfuß und dem vergänglichsten Augenblick
geneigt und der Schönheit verfallen, sag ich mich los
von der Zeit, ein Geist unter Geistern, die kommen.

Maria am Gestade –
das Schiff ist leer, der Stein ist blind,
gerettet ist keiner, getroffen sind viele,
das Öl will nicht brennen, wir haben
alle davon getrunken – wo bleibt
dein ewiges Licht?

So sind auch die Fische tot und treiben
den schwarzen Meeren zu, die uns erwarten.
Wir aber mündeten längst, vom Sog
anderer Ströme ergriffen, wo die Welt
ausblieb und wenig Heiterkeit war.
Die Türme der Ebene rühmen uns nach,
daß wir willenlos kamen und auf den Stufen
der Schwermut fielen und tiefer fielen,
mit dem scharfen Gehör für den Fall.

Ein Monolog des Fürsten Myschkin zu der Ballettpantomime ›Der Idiot‹

Mit puppenhaften Schritten treten die Personen des Spiels – Parfion Rogoschin, Nastassia Filipowna, Totzki, Ganja Iwolgin, General Epantschin und Aglaja – auf. Die Pantomime endet mit dem Schlußtakt der Intrada, und Fürst Myschkin tritt in die Mitte der Szene. Er spricht den ganzen Monolog ohne Musik.

Ich habe das Wort, ich nahm's
aus der Hand der Trauer,
unwürdig, denn wie sollte ich
würdiger sein als einer der andern –
selbst ein Gefäß für jene Wolke,
die vom Himmel fiel und in uns tauchte,
schrecklich und fremd
und teilhaft der Schönheit
und jeder Verächtlichkeit dieser Welt.

(O Qual der Helle, Qual
des Fiebers, nah an anderen Fiebern,
unsrer gerechten Krankheit
gemeinsamer Schmerz!)

Laß den stummen Zug durch mein Herz gehen,
bis es dunkel wird
und, was mich erleuchtet,
wieder zurückgegeben ist
an das Dunkel.

Wahrhaftig, weil dieser Schmerz
in euch ist, tut ihr,
was ihr für euer Leben tut,
nicht für euer Leben,
und was ihr zu eurer Ehre tut,
geschieht nicht zu eurer Ehre.

In der Dämonen Gelächter gebrannt,
bodenlos, sind die Schalen
dieses glücklosen Lebens,
das bis zum Rand uns bedenkt.

Trifft eine die andre, so klingen
sie nicht, denn kein Einhalt
ist den Tränen geboten, sprachlos
stürzen sie ab, von Grund
zu Grund, und es verweigert
der letzte, in den sie vergehn,
sich immer unsrem Gehör.
O Stummheit der Liebe!

Jetzt nimmt er jede Person, die er nennt, an der Hand.

Parfion Rogoschin, der Kaufmannssohn,
weiß nichts von einer Million.
In den Winternächten hält sein Gespann
vor den käuflichen Straßen der Welt
und kann sie nicht fahren.
Er schüttet sein Geld in den Schnee,
denn der Schnee ist das Maß

deiner Wangen, Nastassia Filipowna,
dein Name ist eine gefährliche Kurve
in jedem Mund, sie sagen, am Schnee
nähmst du das Maß für deine Wangen,
in deinem Haar wohnten die Winde,
(ich sage nicht: sie sind launisch),
dein Aug sei ein Hohlweg,
in dem ihre Wagen stürzen,
es zählt sie der Schnee, und vom Schnee
erhältst du das Maß
für deine Wangen.

Totzki – dies ist wohl zuviel,
eh man zur Ruhe geht: eines Kindes Augenblick
in den Armen war die Vergangenheit, und jetzt
ist die Zeit von Blicken, die Zeit
von Lippen über euch beide gekommen.

Ganja Iwolgin, wenn ein Band zwischen allen
gesponnen ist,
werden deine Hände die Knoten sein,
die es spannen,
denn du lächelst nicht gut.
Du forderst zu viel für dich
und verlangst zu wenig von dir.
Dich gängelt nur ein Verlangen:
die Wagen stürzen zu sehn,
in denen die anderen fahren,
eh du selbst unter Rädern verendest.

General Epantschin – es sind nicht Zufälle,
die uns in die Nähe derer führen, die wir meiden.
Wie wir uns in den Kindern entgleiten,
gleiten wir uneingestandenen Wünschen nach
und halten vor fremden Türen als Hüter,
die wir uns selbst so wenig zu hüten vermögen.

Was aber entglitt? Der weiße,
erkaltete Traum einer Jugend,
die nicht Nachsicht verlangt?

Vollkommenes also? Und Schönheit
in solcher Gestalt, daß wir uns
mit ihrem Rätsel begnügen? Aglaja,
so werde ich in dir nichts sehen
als die Botschaft einer Welt,
in die ich nicht eintreten,
ein Versprechen, das ich nicht halten,
und einen Besitz, den ich nicht wahren kann.

Er wendet sich um und steht mit dem Gesicht zum Publikum.

Erwacht zum Leben im Schein,
von Planeten verführt,
die von uns Ausdruck verlangen,

seh ich zur grenzenlosen Musik
die Bewegung der Stummen.

Hier münden seine Worte in einen marionettenhaft starren Tanz.

Unsere Schritte sind nur die wenig
genauen Anschläge weniger Töne,
die uns erreichen.

In den Tanz, der die Einsamkeit jedes einzelnen zum Ausdruck bringen soll, wird auch Myschkin hineingezogen.

Ein Interieur, das die Atmosphäre einer Zirkusarena schafft. Nastassia gängelt Totzki, Ganja und den General an weißen Bändern und spielt in einem tragischen, gewagten, gefährlichen Tanz ihre Macht über die drei Männer aus. Dann erscheint Rogoschin, und Nastassia dreht sich an den Männern vorbei. Ihr Kostüm fällt stückweise von ihr ab, so daß sie zuletzt, nur mit einem weißen Trikot bekleidet, unter einer goldenen Kugel steht. Sie hebt eine Hand zum Ball und reicht die andere Rogoschin, der abwartend abseits gestanden ist. In diesem Augenblick tritt Myschkin auf sie zu.

Halt ein! Dich beschwör ich,
Gesicht der einzigen Liebe,
bleib hell und schlag mit den Wimpern
das Auge zur Welt zu, bleib schön,
Gesicht der einzigen Liebe,
und heb deine Stirn
aus dem Wetterleuchten der Zweifel.
Deine Küsse werden sie teilen,
dich entstellen im Schlaf,
wenn du nach Spiegeln blickst,
in denen du jedem gehörst!

Myschkin führt Nastassia zur Vorderbühne und steigt mit ihr in ein Trapez, das aus dem Schnürboden herabgelassen wurde. Während die beiden langsam in die Höhe schweben, erklingen nur wenige Takte einer sehr zarten Musik.

Sei wahr und gib dem Schnee die Jahre zurück,
nimm Maß an dir selbst und laß die Flocken
dich nur von ungefähr streifen.

Auch dies ist die Welt:
ein früher Stern, den wir als Kinder
bewohnen; verteilt an die Brunnen
als Inhalt und Regen der Stunden,
als Vorrat von heiterer Zeit.
Auch dies ist schon Geist, eines armen
fröhlichen Spiels Einerlei, die Schaukel
im Wind und ein Lachen oben und unten;
dies ist das Ziel, von uns selbst
nicht besessen zu sein
und jedes Ziel zu verfehlen;
und auch dies ist Musik,
mit einem törichten Ton,
immer demselben,
einem Lied nachzugehen,
das uns ein spätres verspricht.

Fall nicht in den Tumult des Orchesters,
in dem die Welt sich verspielt.
Du stürzt, wenn du jetzt deinen Bogen
vergibst, und redest mit deinem Fleisch
eine vergängliche Sprache.

Doch Nastassia gleitet vom Trapez in Rogoschins Arme.

Vor einer riesigen roten Ikone steht eine Leiter, auf der Myschkin sitzt. Rogoschin liegt rücklings auf einer Pritsche, hört mit zunehmender Spannung der Erzählung Myschkins zu und beobachtet erregt, wie Myschkin langsam von der Leiter heruntersteigt.

Jedem meiner Augenblicke zähle ich einen fremden
Augenblick zu, den Augenblick eines Menschen,
den ich in mir verborgen trage zu jeder Zeit,
und sein Gesicht in diesem Augenblick,
das ich nie vergessen werde, mein Leben lang nicht.

(Kein Gesicht, das abends von innen reift!)
Bedeckt vom Reif einer Kerkernacht
und frostgrün, weht es dem Morgen entgegen,
mit dem Gitter über den Augen, die doch dem Himmel
einmal aufgetan waren.

Durch die kalten Gänge der Glieder verläßt den Gefangenen
der Schlaf.
Die Schritte des Wärters hallen in seiner Brust.
Ein Schlüssel sperrt seinen Seufzern auf.

Weil er keine Worte hat,
weil keiner ihn versteht,
bringt man ihm Fleisch und Wein
und übt Nächstenliebe an ihm.

Er aber, versunken
in die Zeremonien des Ankleidens,
kann Wohltaten nicht begreifen,
auch nichts von der Vermessenheit
dessen, was befohlen ist.

Es beginnt ja ein langes Leben,
wenn die Tür aufgeht und offen bleibt,
wenn die Straßen in Straßen
münden und das Gefälle der Stimmen

des ganzen Volkes ihn hinunterträgt
an die Gestade des Blutmeers,
das von den verbrecherischen
Gerichten der ganzen Welt
mit Todesurteilen
gespeist wird.

Nun ist aber eine Gemeinsamkeit zwischen uns
und dem Urteil, das auch sagt, daß dieser Mann
mit einem vollkommen wahren Gesicht zu der einen
Wahrheit kommt, eh er den Kopf
genau auf das Brett legt
(obwohl sein Gesicht
weiß ist und ohne Bewegung,
und die Gedanken, die er denken mag,
sind vielleicht ohne Bedeutung, er sieht
nur den rostigen Knopf an der Jacke
des Scharfrichters).

Eine Gemeinsamkeit ist auch zwischen uns
und dem Verurteilten, da er uns zu überzeugen vermag,
daß dem Mord, den wir bereiten,
und dem Mord, der für uns bereitet wird,
die Wahrheit vorangeht.
Und es liegt einer vor mir,
und ich stehe vor einem
mit allen Möglichkeiten zu dieser Wahrheit
und mit dem Mut zu ihrem Leben
und zu unserem Tode.

Doch in meiner Sterblichkeit
kann ich nichts lehren
und könnt' ich's, so selbst
nur in dem Augenblick, von dem ich spreche,
und ich hätte in diesem Augenblick
nichts mehr zu sagen.

Jetzt springt Rogoschin auf und wirft Myschkin, der gegen Ende der Erzählung die unterste Sprosse erreicht hat, zu Boden. Es erklingt wieder die sehr zarte Musik. Verwandelt geht Rogoschin auf Myschkin zu, hebt ihn auf und hält ihn in den Armen. Sie tauschen ihre Kreuze.

Auf der leeren schwarzen Bühne ist in ganz dünnen, weißen Umrissen ein schloßartiges Haus aufgebaut. Durch das Haus ist eine gleichfalls weiße Ballettstange gezogen, an der Aglaja, in ein blendend weißes Tutu gekleidet, steht. Myschkin, der die Variation auf Puschkins Ballade vom armen Ritter auf der Vorderbühne mit dem Gesicht zum Publikum spricht, dreht sich zu Aglaja kein einziges Mal um, die jedes Mal, wenn der Text von der Musik – einem Ritornell – unterbrochen wird, an der Ballettstange ein kristallklares Ballettexercise vollbringt. Die Szene beginnt mit Musik.

Bürgschaft übernehm ich für einen,
der auf dieser Welt lebte vor langer Zeit
und als sonderbar galt, einen Ritter,
aber wie nenn ich ihn heute,
da's kein Verdienst ist, in Armut
und nicht auf Schlössern zu leben?

Sorglos kleidete er sich in die Tage,
bis einer um seine Schultern
franste und ihm ein Licht
auflud, in dessen Umkreis
die Scham nicht geduldet war
und der endliche Friede der Langmut.

Die den Krieg verdammen, sind auserwählt,
zu kämpfen in diesem Licht.
Sie streuen das Korn
auf die toten Äcker der Welt,
sie liegen in den Feuerlinien

einen Sommer lang,
sie binden die Garben für uns
und fallen im Wind.

Aglaja wiederholt zum ersten Teil des Ritornells ihre Variation.

In der Zeit der Vorbereitung mied ich die Städte
und lebte gefährlich, wie man es aus Liebe tut.

Später geriet ich in eine Abendgesellschaft
und erzählte von einer Hinrichtung. So fehlte ich abermals.

Meinen ersten Tod empfing ich aus der Hand eines Gewitters
und ich dachte: so hell ist die Welt und so außer sich,

wo ich die Wiesen verdunkle, schaufelt der Wind Erde
über ein Kreuz, laßt mich liegen mit dem Gesicht nach unten!

Blaue Steine flogen nach mir und erweckten mich vom Tode.
Sie rührten von einem Sternengesicht, das zerbrach.

Aglaja wiederholt zum ersten Teil des Ritornells ihre Variation.

Und ausgestoßen aus dem Orden der Ritter,
verwiesen aus den Balladen,
nehme ich einen Weg durch die Gegenwart,
zu auf den Horizont, wo die zerrissenen
Sonnen im Staub liegen,
wo die Schattenspiele
auf der unerhörten Wand des Himmels
zu Verwandlungen greifen und ihr
einen Stoff einbilden
aus dem alten
Glauben meines Kindergebets.

Wenn auch die Kränze entzwei sind,
abgesprungen die Perlen, wenn der Kuß

in den blauen Falten der Madonnen,
abgeschmackt nach den Ekstasen
so vieler Nächte, beim ersten Hauch
das Licht in den Nischen löscht,
trete ich aus dem schwarzen
Blut der Ungläubigen in mein eignes
und höre auf den Abgesang
einer Geschichte,
die unsre Opfer verachtet.

Aglaja wiederholt zum ersten Teil des Ritornells ihre Variation.

Mir will eine Schwäche, der Wahnsinn
willkommen ist, meinen Weg
vertreten und mich der Freiheit entziehn.

Hörig dem Sog, wich mein Fleisch
früh den Messern aus, die ich hob,
um es aufzureißen. Mit dem Hauch,
den es umklammert, will es hinab,
mit meinem Atem, den ich zurückgeben werde
zum Beweis, daß mein Mund
nicht gefragt hat nach meinem Leben
und den Bedingungen, unter denen
wir für die Schöpfung
zu zeugen haben.

Mit dem zweiten Teil des Ritornells endet die Szene, und Aglaja erstarrt auf der Spitze, in der letzten ihrer Attituden.

Wir sehen eine Kurpromenade mit einem Orchestertempelchen im Hintergrund. Eine Gesellschaft von Vögeln hat sich hier versammelt – gemeint ist die Petersburger Hautevolee. Wenn der Vorhang sich öffnet, hält der Dirigent der kleinen Kapelle den Taktstock hoch. Die Vogelgesellschaft steht regungslos. Jeder ist in seiner Pose erstarrt, so daß die Szene den Eindruck eines kolorierten Druckes macht. Im Vordergrund steht Myschkin, der sich sehr fremd in dieser Umgebung fühlt.

Die leicht fliegen, werde ich nicht
beneiden, die Gesellschaft der Vögel,
die viele Orte berührt
und noch im raschesten Flug
voll Überdruß ist.

Myschkin geht ab. Der Dirigent des kleinen Orchesters bewegt seinen Taktstock zur Musik, und die erstarrte Vogelgesellschaft löst sich in eine »Kurpromenade« auf. Wenn die Musik endet, wenden sich alle dem Kapellmeister zu und applaudieren. Etwas vor Schluß des Tanzes treten Myschkin und Aglaja auf. Sie nehmen an dem Treiben teil und gehen dann zur Vorderbühne. Und Myschkin erklärt sich Aglaja.

Wo ich hinkam, fand ich mich unter Steinen,
wie sie ergraut und von Vertrauen befangen.

Mir ist gewiß, daß auch dein Gesicht
so alt herabfiel und sich neben mich legte
unter den eisweißen Wasserfall,
unter dem ich zuerst mein Bett aufschlug
und unter dem ich in meinem Tode
liegen werde, den Absturz
der Reinheit vor Augen.

Myschkin und Aglaja gehen ab. Es wird Abend. Einige Lampions leuchten auf, die Kapelle hört zu spielen auf, die Gesellschaft findet sich paarweise zusammen und verläßt die Bühne. Blaue Versatzstücke kommen von oben, und die Bühne wird von einem klaren Blau überströmt. Dann fliegt Aglaja herein, von weißen Tänzern gefolgt, und Myschkin erscheint ihr als Wunschbild in einem weißen Kostüm. Doch Nastassias Erscheinung tritt zwischen die Liebenden und trennt sie. Die blauen Versatzstücke werden weggehoben. Allein im nächtlichen Garten sieht Aglaja sich ernüchtert um und wirft sich weinend auf eine Bank. Myschkin, in realer Gestalt, kommt und kniet vor ihr nieder.

Ich habe Zutrauen gefaßt zum Verzicht.
Du weinst, weil ich dich meinen Wünschen vorziehe?
Du wählst ein kurzes Los: meine Zeit, und ich will
die Verheerungen aller Träume, mit denen
du schläfst und herausreichst aus der Welt.

Für dich habe ich keinen Trost.
Wir werden beisammen liegen,
wenn die Bewegung der Berge geschieht,
mit einem Steingefühl, alterslos,
auf dem Boden der Nachtfurcht
und im Anfang einer großen Verstörung.

Einmal nur hatte der Mond das Nachsehn.
Ins Geäst unsres Herzens
fiel das einsamere
Licht der Liebe.
Wie kalt die Welt ist
und wie rasch die Schatten
sich auf unsre Wurzeln niederlegen!

Aglaja hört Myschkin verständnislos zu; ihre Erwartungen sind enttäuscht worden, sie springt auf und läßt Myschkin betroffen stehen. Die Vögel kehren in den nächtlichen Garten zurück, diesmal um Nastassia Filipowna versammelt, die durch ihre faszinierende Schönheit in einem herausfordernden Tanz alles in Atem hält. Dann stehen die beiden Frauen voreinander. Nastassia beleidigt Aglaja und wird von einem der Begleiter Aglajas wieder beleidigt. Myschkin geht ab, und die aufgescheuchte Vogelgesellschaft flieht. Das Licht ist auf den Vordergrund gerichtet, während die Kulissen fortgetragen werden; nur ein schwarzumkleidetes Podium mit zwei Seitenleitern bleibt auf der Bühne, und Aglaja und Nastassia tanzen mit schwarzgekleideten Partnern ihre Variationen, als kämpften sie mit unsichtbaren Floretten auf Leben und Tod. Wenn Myschkin zurückkommt, steigen die beiden Frauen auf je eine der Leitern und bedeuten ihm, daß sie seine Erklärung erwarten. Aglaja sieht Myschkins Zögern, wirft sich vom Podium herunter und wird von ihrem Partner weggetragen. Ehe Myschkin ihr folgen kann, bricht Nastassia wie leblos vor ihm zusammen. Er hebt sie auf und hält sie in den Armen.

Auf der leeren Bühne stehen, in schwarzen Kostümen, mit dem Rücken zum Publikum, Menschen mit Kandelabern, während Myschkin, zum Publikum gewendet, spricht.

Mit einem geliehenen Wort bin ich,
und nicht mit dem Feuer, gekommen
und schuld an allem, o Gott!
Es sind die Kreuze getauscht,
und das eine wird nicht getragen.
Schwach lob ich die Strenge
Deines Gerichts und ich denke
schon an Vergebung, ehe Du sie gewährst.

Wo die Angst in mir aufspringt
und Helle vor mir herwirft, entdeck ich

Schreckliches und meine Schuld
an allem, an dem Verbrechen,
mit dem ich noch diese Nacht
in Deine Nacht kommen muß,
und mein heilloses Wissen will ich
nicht preisgeben an mein Gewissen.

Sei Du die Liebe, ich bin nur in leisem
Fieber aus Dir hervorgegangen
und unter Fiebernden hinfällig
geworden. Deine Blindheit erkennend,
vor der wir eins sind im Dunkel,
bekenn ich, daß ich schuld bin
an allem, denn Du, seit Du uns nicht
mehr siehst, zählst auf ein Wort.

Ein roter Teppich wird herausgerollt. Myschkin dreht sich um und steht jetzt auch mit dem Rücken zum Publikum. Nastassia erscheint und versucht, auf die Vorderbühne zu Myschkin zu gelangen, doch Rogoschin springt einige Male, mit einem Messer in der Hand, dazwischen. Die schwarzen Gestalten führen an Ort und Stelle entsprechende Schritte zu einem Bolero aus. Schließlich ergreift Rogoschin Nastassia und trägt sie, mit dem Rücken zum Publikum, von der Bühne. Auch die schwarzen Gestalten gehen ab. Die Ikone senkt sich aus dem Schnürboden herunter. Myschkin steht ohnmächtig davor.

Öffne mir!
Alle Tore sind zugefallen, es ist Nacht,
und was zu sagen ist, ist noch nicht gesagt.
Öffne mir!
Die Luft ist voll von Verwesung, und mein Mund
hat den blauen Mantel noch nicht geküßt.
Öffne mir!
Ich lese schon in den Linien deiner Hand, mein Geist,

der meine Stirne berührt und mich heimholen will.
Öffne mir!

Endlich tritt Rogoschin heraus, und Myschkin geht ihm entgegen.

Geheim ist der Mund, mit dem ich morgen rede. Ich will
diese Nacht mit dir wachen und werde dich nicht verraten.

Behutsam führt Rogoschin Myschkin hinter die Ikone. Die Bühne wird ganz dunkel, und im Dunkeln spricht Myschkin die beiden Terzinen.

In den Strängen der Stille hängen die Glocken
und läuten den Schlaf ein,
so schlafe, sie läuten den Schlaf ein.

In den Strängen der Stille kommen die Glocken
zur Ruhe, es könnte der Tod sein,
so komm, es muß Ruhe sein.

Es wird etwas hell. Aus dem Schnürboden kommen weiße Stricke zu den Klängen der Apotheose herab. Myschkin bleibt unbeweglich stehen, und während immer mehr Stricke herabsinken, erscheinen Tänzer, die in verhaltenen, feierlichen Bewegungen den Ausbruch des Wahnsinns darstellen.

Choreographie: Tatjana Gsovsky
Musik: Hans Werner Wenze

SERIE PIPER

Ingeborg Bachmann

Anrufung des Großen Bären
Gedichte. 79 Seiten. SP 307

Das Buch Franza
Das »Todesarten«-Projekt in Einzelausgaben. Herausgegeben von Monika Albrecht und Dirk Göttsche. 264 Seiten. SP 2608

Requiem für Fanny Goldmann
und andere späte »Todesarten«-Texte. Das »Todesarten«-Projekt in Einzelausgaben. Herausgegebn von Monika Albrecht und Dirk Göttsche. 240 Seiten. SP 2748

Das Dreißigste Jahr
Erzählungen. 192 Seiten. SP 1509

Frankfurter Vorlesungen
Probleme zeitgenösischer Dichtung. 105 Seiten. SP 205

Gedichte, Erzählungen, Hörspiele, Essays
357 Seiten. SP 2028

Die gestundete Zeit
Gedichte. 63 Seiten. SP 306

Die Hörspiele
Ein Geschäft mit Träumen · Die Zikaden · Der gute Gott von Manhattan. 160 Seiten. SP 139

Liebe: Dunkler Erdteil
Gedichte aus den Jahren 1942–1967. 61 Seiten. SP 330

Mein erstgeborenes Land
Gedichte und Prosa aus Italien. Hrsg. von Gloria Keetman. 160 Seiten. SP 1354

Sämtliche Erzählungen
486 Seiten. SP 2218

Sämtliche Gedichte
229 Seiten. SP 2644

Simultan
Erzählungen. 211 Seiten. SP 1296

Wir müssen wahre Sätze finden
Gespräche und Interviews. Hrsg. von Christine Koschel und Inge von Weidenbaum. 166 Seiten. SP 1105

Werke
Erster Band: Gedichte · Hörspiele · Libretti · Übersetzungen. Zweiter Band: Erzählungen. Dritter Band: Todesarten: Malina und unvollendete Romane. Vierter Band: Essays · Reden · Vermischte Schriften · Anhang. Hrsg. v. Christine Koschel, Inge von Weidenbaum, Clemens Münster. In Kassette. Zus. 2297 Seiten. SP 1700